Paris. — Imprimerie Alcan-Lévy, 61, rue de Lafayette.

Machine LE PROGRÈS

Nos machines sont expédiées toutes montées ; le grand châssis est sur la machine, maintenu en place par la pince à vis ; quand on nous le demande, nous pouvons les livrer démontées, mais, autant que possible, pour éviter toute erreur dans le remontage, nous préférons expédier nos machines montées, et pour diminuer les dimensions des caisses, nous démontons seulement le volant et les supports des tables.

Nous mettons, pour le même motif, dans la position qu'elles occupent au moment de l'impression, les parties principales : la platine et la composition. La machine est alors ce que nous appelons *fermée*.

Quand elle est sortie de la caisse, on enlève avec un chiffon l'enduit blanc qui recouvre les parties polies. On remonte le volant et les supports des tablettes, ce qui ne présente aucune difficulté ; on tourne le volant vers soi, et on *ouvre* la machine.

La machine doit être montée d'aplomb sur un sol bien droit ; elle pourrait marcher sans cela, mais il est préférable de prendre cette précaution. Si le sol n'est pas droit, il faut caler la machine de façon à la mettre bien d'aplomb.

La machine, remplissant ces conditions, on voit, en lui faisant faire quelques tours, quelles en sont les fonctions ; on s'assure si tous les mouvements sont bien graissés ; en marchant avec la pédale, on ne doit pas sentir de résistance sérieuse ; s'il en était autrement, il faudrait rechercher la cause du dur qui se produit ; le manque d'aplomb peut causer cet inconvénient, de même qu'un boulon trop serré. Avec un tour de clé, il est facile de remédier à ce petit inconvénient ; mais nous passons outre, et supposons qu'après ces quelques tours à blanc, la machine semble aller toute seule ; on acquiert le tour de main et le tour de pied nécessaires qui permettront de travailler sans efforts comme sans fatigue. On s'occupera alors des dispositions qui précèdent le tirage. La première est incontestablement la composition ; et voici, à ce sujet, la notice que nous devons à l'obligeance d'un praticien distingué.

A la suite de cette notice, nous donnons une autre méthode ; le client appréciera celle qu'il doit suivre ; nous pensons, nous, qu'il est bon de suivre l'une et l'autre.

Notice concernant le Tirage.

Nous nous proposons ici de donner aux personnes étrangères quelques conseils pratiques qui leur éviteront des tâtonnements toujours ennuyeux ; notre tâche sera d'ailleurs singulièrement facilitée par la construction de la machine elle-même, dont l'ingénieux automatisme remplit des fonctions qui s'exécutent à la main dans des presses à bras.

Nous pouvons ajouter par expérience que l'habitude fait découvrir mille petits moyens pratiques ignorés des hommes du métier qui, d'ailleurs, ont les leurs qui leur sont personnels.

AVANT LE TIRAGE

COMPOSITION

Nous n'entrerons pas dans les détails de la composition, que l'on trouvera dans tous les Manuels Roret, Guide du Compositeur, de Théotiste Lefèvre, ou sur lesquels on se renseignera facilement par quelques explications orales. Nous ferons seulement remarquer qu'il faut toujours avoir soin que les lignes soient bien *justifiées* (c'est-à-dire toutes d'égale longueur), et, avant de mettre sous presse et de faire l'épreuve, de bien *taquer* les caractères sur la machine (frapper sur les lettres au moyen d'un morceau de bois spécial pour aplanir parfaitement la composition).

DES ROULEAUX

Les rouleaux doivent être souples. La pâte qui les compose doit contenir en hiver plus de mélasse qu'en été; ils doivent être tenus au frais.

Pour couler les rouleaux, on fait fondre doucement la pâte à rouleaux au bain-marie ; se garder de la saisir. On prend le tube servant de moule et on l'applique sur le piédestal en fonte; on met l'axe en fer au milieu, et on coule lentement. Quand le moule est plein, on pose sur l'extrémité supérieure la petite étoile en cuivre, afin que l'axe soit bien maintenu au milieu, et on laisse refroidir. Quand c'est froid, le rouleau se retire du moule en le tirant doucement par une de ses extrémités.

Note essentielle. — Avant de se servir du moule, et pour éviter l'adhérence, il faut passer, à l'aide de la grande épinglette, un chiffon imbibé d'huile dans l'intérieur du moule; en un mot, il faut graisser l'intérieur pour que cela ne colle pas.

Le moyen de conserver les rouleaux souples en toute saison, consiste à les tenir à la cave, recouverts d'une couche d'encre assez épaisse. Au moment de s'en servir, on les lave avec de la potasse (60 grammes de potasse d'Amérique pour un litre d'eau). Ce liquide peut servir également pour laver les caractères. On emploie aussi l'essence de térébenthine pour ce dernier usage, mais celle-ci a l'inconvénient d'encrasser et de coller les lettres les unes aux autres et d'être d'un prix relativement élevé.

Les rouleaux une fois lavés à la potasse doivent être rincés avec soin dans une eau propre et froide. On les laisse sécher jusqu'à ce que la main ou le doigt qui passe sur leur surface sente une légère adhérence sur toute leur longueur. Cette dernière recommandation est importante. Si un point du rouleau ne présentait pas cette adhérence continue au doigt, l'encre ne prendrait pas à cet endroit, et l'on aurait des blancs au tirage.

Si les rouleaux avaient trop séché, on passerait sur toute leur surface une éponge légèrement humide.

Il arrive quelquefois que les rouleaux se détachent du mandrin à leurs extrémités, tendent à y faire des bourrelets ; on évite cet accident en taillant un centimètre de leur extrémité en sifflet et en passant cette extrémité à la flamme d'une bougie ; on produit ainsi une fonte de la matière qui fait adhérer solidement les bouts du rouleau au mandrin ; après quoi, on remet les galets.

MISE EN TRAIN

Les caractères d'imprimerie, quoique d'une hauteur très-sensiblement égale, ne sont jamais si parfaitement réguliers qu'on ne puisse parfois distinguer une légère différence dans l'impression qu'ils donnent, examinés séparément sur une épreuve. Il faut, pour remédier à ce défaut dans un ouvrage soigné, procéder à la mise en train.

Pour cela, on peut d'abord faire une épreuve à sec, c'est-à-dire sans employer les rouleaux à encrer.

Examinez alors le dos de votre épreuve, et vous verrez que certaines lettres marquent plus que d'autres, ou, autrement dit, donnent plus de *foulage* que d'autres. Il faut alors, avec des ciseaux, enlever de votre épreuve toutes les lettres qui marquent trop ; puis, l'opération faite, coller la feuille ainsi découpée sur la partie de la machine qui reçoit le papier à imprimer, afin que le repère soit juste ; vous avez eu soin de faire toucher les lettres de votre composition sur cette partie de la machine.

Vous faites une seconde épreuve à sec, et vous chargez encore les parties qui ne viennent pas. On conçoit qu'en faisant des épreuves sur papier de différentes épaisseurs (trois suffisent ordinairement), on peut rehausser avec du papier fort les parties qui viennent très peu, avec celui de force moyenne les parties qui viennent un peu mieux, etc. On peut tout aussi bien, surtout en commençant, procéder à la mise en train en faisant toucher les rouleaux ; cela est même indispensable si l'on n'a pas de foulage.

Le foulage est quelquefois désagréable ; il est difficile de l'éviter en tirant sur de la flanelle ; mais, en substituant à cette flanelle quelques doubles de papier de soie, on arrive à de très bons résultats.

Il est peut-être prudent de commencer par l'emploi de la flanelle ou du drap, car les caractères risqueraient de s'écraser, si le papier de soie ne cédait pas assez. L'usage fait vite apprécier la force de pression nécessaire.

Autre Méthode

Sur la platine, vous mettez par exemple cinq à six feuilles de papier, plus ou moins suivant l'épaisseur ; puis vous prenez une feuille de papier blanc et vous faites une épreuve ; il va sans dire que la forme devra être mise à sa place et serrée convenablement. Vous tirez, disons-nous, une première épreuve, et vous voyez par l'impression obtenue si vous avez assez de pression ; si les caractères sont *flous*, sans netteté, c'est que vous manquez de pression.

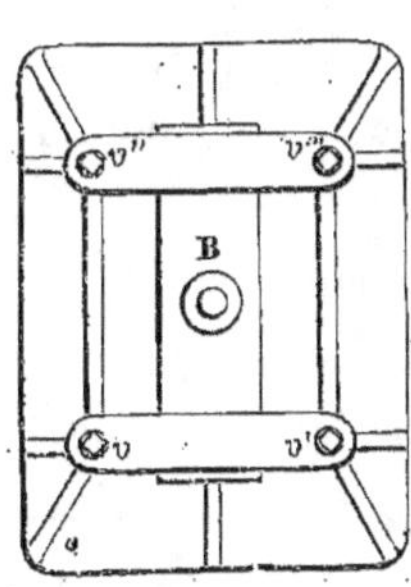

Alors, vous pouvez l'augmenter, soit en rajoutant une feuille sur la mise en train, soit en desserrant le boulon B et en serrant avec la clé à béquille les vis v', v''' ; on doit aller avec précaution pour arriver petit à petit au foulage convenable ; après avoir agi sur les quatre vis, on resserre le boulon B. Si, au contraire, les caractères appuient avec trop de force, ce que l'on voit en regardant le dos de la feuille, on peut encore, ou ôter une feuille de papier, ou faire l'opération inverse à celle de tout à l'heure sur la platine, en desserrant le boulon B et en desserrant les vis *v'*, *v'''* ; ces vis étant desserrées, on resserre le boulon B. Mais, dans ces diverses manœuvres, il faut procéder avec précaution.

Nous supposons qu'ayant eu trop de foulage, vous soyez arrivé au degré convenable, en opérant comme ci-dessus ; vous tirez une épreuve : si l'impression est régulière partout, vous n'avez qu'à continuer le tirage ; mais si, au contraire, vous vous apercevez qu'une partie vient plus ou moins qu'une autre, vous desserrez ou serrez la vis correspondante à ce côté, et ainsi de suite jusqu'à ce que la pression soit entièrement régularisée ; alors, si un mot, une ligne, une lettre vient trop, vous regardez sur la forme si la composition est bien *taquée* (1), et si ce mot, cette ligne, cette lettre est bien à la même hauteur que le reste de la composition. Quand, après s'être assuré que la composition est en effet bien droite, on continue à voir cette lettre, ce mot, cette ligne ne pas venir assez, on colle un becquet à la place, sur la mise en train ; si c'est le contraire, on découpe les parties venant trop, et ainsi de suite, jusqu'à ce que tout vienne bien ; alors, pour éviter les maculatures, on colle sur ce découpage, sur ces becquets, une feuille blanche et bien tendue. C'est un ouvrage de patience, mais il est impossible de l'éviter.

Avant de recharger ou de découper la mise en train, il faut s'assurer si le défaut ne vient pas de l'encrage, auquel il faut remédier sans toucher aux caractères ; quelquefois, il faut rectifier les deux : encrage et mise en train ; c'est au praticien à en juger. Afin de marcher vite, la main droite met les feuilles et la main gauche les retire.

Cette méthode est celle adoptée par tous les imprimeurs.

Voici comment on procède pour marger :

La raquette a pour propriété d'appuyer la feuille et de la

---

(1) On appelle *taquer l'impression*, poser un taquoir sur cette impression, la face tendre appliquée du côté des lettres, en frappant légèrement dessus à coups répétés, et, en promenant le taquoir sur la composition, renfoncer les lettres qui pourraient dépasser. Cette opération ne se fait que quand la composition est en place sur la machine.

maintenir durant l'impression et pendant que la platine se re-
lève ; pour marger la feuille, on colle sur la mise en train des
petits taquets d'arrêt en papier fort ; on peut les coller où l'on
veut, où c'est nécessaire suivant ce que l'on tire. Quelquefois,
on ne se sert que d'une branche de la raquette.

Lorsque votre mise en train est achevée, que votre pression
est égale sur tous les caractères, vous faites une épreuve que
vous n'enlevez pas ; puis une deuxième, une troisième, toujours
sur la même feuille, afin que l'encre se distribue sur toutes les
lettres.

Puis, votre marge étant préalablement faite, vous commencez
votre tirage.

DE LA MARGE

Pour marger votre feuille, vous collez sur la partie qui doit
recevoir l'impression, de petits morceaux de papier fort ou de
carton qui arrêtent votre papier à l'endroit voulu pour constituer
votre largeur de marge, et qui servent d'arrêts à votre feuille.

Nos machines sont munies de règle et d'équerre qui permettent
de marger facilement ; cependant, à notre avis, le moyen précité
est préférable ; on ne peut faire un système de règles allant partout, et partout on peut coller de ces petits arrêts en papier.

PENDANT LE TIRAGE

Il ne nous reste plus qu'à appeler l'attention sur quelques
accidents qui peuvent arriver pendant le tirage.

Une ou plusieurs lettres ne viennent pas. Votre mise en
train pêche à cet endroit ; découpez un morceau de papier de la
grandeur des lettres faibles et collez sur la mise en train, exac-
tement au point de repère.

Une ou plusieurs lettres s'écrasent. Vous avez mal taqué.
Desserrez et retaquez. Remplacez les lettres si elles sont écra-
sées.

Une lettre s'est bouchée. Nettoyez-la à l'essence et essuyez ;
faites une épreuve ou deux, et continuez le tirage.

Trop noir. Serrez les vis de l'encrier, relevez même le cliquet qui fait tourner le rouleau dans l'encrier ; supprimez au besoin un ou même deux rouleaux.

Trop gris. Desserrez les vis de l'encrier, celle du milieu surtout. Si vos rouleaux étaient trop secs, ne tiraient pas, distribuaient mal, il faudrait les laver et s'en servir au moment propice. (Voyez ce que nous avons dit des rouleaux.)

Gris sur les bords. Vos rouleaux ne portent pas également sur votre composition. En rechercher la cause et y remédier. Le plus souvent, cela arrive lorsque la composition n'est pas au milieu.

Papier sali au tirage. Si votre papier recevait la marque des pièces de la garniture (partie qui maintient les lettres), il faudrait étendre sur votre raquette une feuille de papier humide, replier les bords de cette feuille, préalablement enduits de colle ; laisser sécher, puis faire épreuve sur cette feuille, découper tout ce qui est imprimé ; ce qui restera de la feuille de papier formera un écran protecteur qui vous évitera les macules au tirage.

Le papier glisse. Vos arrêts de marge sont insuffisants ; il faut coller sur eux un petit morceau de carte mince, qui, les dépassant un peu, formera une espèce de pince qui maintiendra votre papier.

Les rouleaux se coupent. Cela arrive quand on a des filets très fins à tirer. On évite cet accident en ayant soin de placer sa composition de manière que les filets ne soient pas perpendiculaires aux rouleaux, mais parallèles à leur axe, et en changeant quelquefois les rouleaux de sens pendant le tirage.

APRÈS LE TIRAGE

Votre tirage étant terminé, vous lavez vos lettres à la potasse, puis à l'eau claire, et vous les remettez à leurs places respectives.

Les rouleaux, si vous n'avez pas d'autre tirage à exécuter, seront descendus à la cave.

L'encrier doit être garanti de la poussière, et la table à encrer débarrassée de son encre, avec un chiffon et de l'essence.

OBSERVATIONS GÉNÉRALES

Tenir la machine à l'abri de la poussière.

On travaille en prenant le papier de la main droite et en le retirant de la main gauche.

En faisant travailler ainsi les deux mains l'une après l'autre, on arrive aisément à tirer 1,000 à 1,200 épreuves sur papier et 1,500 sur cartes.

De l'appareil à Cartes

Cet appareil, représenté ci-contre, se fixe sur la platine au moyen des deux vis qui se trouvent dans la partie inférieure.

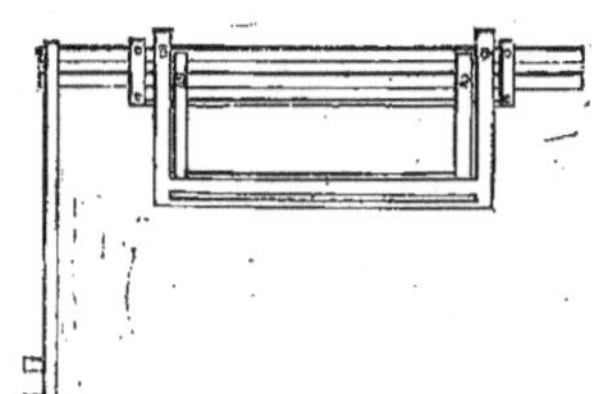

Quand on emploie l'appareil à cartes, on supprime la raquette, qui n'a d'utilité que pour maintenir le papier, *et vice versá*; quand on retire l'appareil à cartes, on remet la raquette, qui doit toujours être maintenue par les deux ressorts à boudin qui se trouvent de chaque côté de la pièce supportant la forme. Ces ressorts s'enlèvent aussi de leurs crochets quand on fait usage de l'appareil à cartes.

Les cartes tombent naturellement dans le canal en tôle vernie qui se trouve accroché sous la machine.

Ce canal peut s'enlever à volonté ; mais, comme il ne gêne pas, on peut le laisser. Nous engageons cependant à l'ôter, afin d'éviter que des gouttes d'huile viennent à tomber dedans.

On pourrait encore écrire un gros volume sur les divers procédés en usage; mais chacun a sa méthode, et, comme il la croit supérieure à toute autre, nous respecterons cette croyance. Nous avons simplement voulu donner quelques avis généraux, et nous nous tenons à l'entière disposition de ceux de nos clients qui voudraient de plus amples renseignements; nous serons toujours heureux de pouvoir leur être utiles ou agréables.

ACCESSOIRES
POUR NOS MACHINES A IMPRIMER

CARACTÈRES FRANÇAIS ET ÉTRANGERS
EN TOUS GENRES

Les prix varient suivant les corps ; nous les vendons par police d'un kilo et au dessus.

15 genres de caractères assortis, environ.	250 »
Une collection de filets ornés	6 »
Une collection de cintres	10 »
Une collection d'accolades	4 »
Composteur à main et pinces.	6 »
Couronne nobiliaire, la pièce.	3 »
Filets en lames, long. 80 c., le k°	4 »
Interlignes même longueur, grandeur 1, 2 et 3 points, le kilo.	3 »
Pâte à rouleau, le kilo.	3 50

Casses typographiques, longueur 60 c., largeur 40 c.	5 50
Rang complet, en bois, contenant 20 casses	125 »
Galée en bois, équerre en fer, de 11 c. 25	3
Galée en zinc, id.	5 »

Cartons ordinaires, vélin, bristol, bristol anglais, transparents, fantaisie, fonds couleurs.

Pointillés, Nacrés, Moirés à bordures.

Porcelaines, Bois, Coins arrondis.

Deuil.

Fantaisie pour menus.

Prix des Machines Le Progrès

Machine n° 1, imprimant 24 × 30.	1,600 »
2 28 × 43.	2,200 »

(Accessoires et emballage compris.)

Nos Machines peuvent marcher à la vapeur.
Nous en construisons de tous les numéros jusqu'au demi-raisin.

La supériorité de notre Machine est un fait accompli, et la meilleure preuve que nous puissions en donner, est le nombre toujours croissant des commandes que nous recevons.

Expédition immédiate. — Toutes ces machines sont montées et prêtes à marcher. — Expérimentation dans nos Ateliers, au gré de nos Clients.

ACCESSOIRES DONNÉS GRATIS AVEC CHAQUE MACHINE

L'appareil pour les cartes et les enveloppes. — 1 récepteur. — 2 moules à rouleaux avec leur pied. — 6 axes de rechange. — 3 châssis : 1 grand, 1 moyen, 1 petit. — 4 clés. — 1 burette huile. — 2 tournevis.

Avec chaque Machine, nous donnons une instruction détaillée relative à la marche de la Machine et des épreuves assorties de ce que l'on peut faire.

CATALOGUE GÉNÉRAL

NOUS CONSTRUISONS AUSSI & SPÉCIALEMENT

Presses à copier en tous genres.
Presses autographiques perfectionnées.
Emboutissages, presses - coups de poing, à levier, à balancier - Col de cygne pour mater les cuvettes, pour frapper les médailles, marquer la chaussure.
Pinces à plomber - Moules à fondre les plombs.
Timbres-humides, Presse, Numéroteurs, Compteurs.
Machines à folioter et à numéroter.
Nouveaux laminoirs pour glacer le papier, les photographies, à deux et quatre cylindres.
Découpoirs à volant ou à balancier, à arcade en fer, à excentrique, outils d'imprimés pièce.
Timbres et Balanciers à dorer.
Presses de Laboratoires, Mortiers, Pilons.
Machines à rogner.
Cisailles droites et circulaires.
Toiles à endosser.
Presses à percussion pour le grainage.
Tables à piquer les impressions.
Presses à engrenage et vis sans fin.
Machines à timbre humide de tous genres.
Machines timbre sec et humide.
Presses hydrauliques de toutes les forces.
Presses pour épreuves photolytiques.
Machines à moirer et gaufrer, à cylindres.
Machines à faire les enveloppes (deux, trois et quatre) nouveau système.
Graveurs en tous genres et **Machines à perforer.**

MACHINES POUR IMPRIMER

COMPTER ET DATER LES BILLETS DE CHEMINS DE FER

Envoi franco de Prospectus spéciaux

PÉTRON ET F. DELATTRE

CONSTRUCTEURS-MÉCANICIENS BREVETÉS

PARIS, 15, rue Doudeauville, 15, PARIS

IMPRIMERIE ALCAN-LÉVY, 61, RUE LAFAYETTE. — PARIS